ㅐ대아ㅓ이 긍뫀

강헌규 시집 늙은 아내에게

1판 1쇄 펴낸날 2023년 9월 27일
지은이 강헌규
발행처 (재)공주문화관광재단
펴낸이 이재무
기획위원 김춘식, 유성호, 이형권, 임지연, 홍용희
책임편집 박예솔
편집디자인 민성돈, 김지웅, 정영아
펴낸곳 (주)천년의시작
등록번호 제301-2012-033호
등록일자 2006년 1월 10일
주소 (03132) 서울시 종로구 삼일대로32길 36 운현신화타워 502호
전화 02-723-8668
팩스 02-723-8630
블로그 blog.naver.com/poemsijak
이메일 poemsijak@hanmail.net

ISBN 978-89-6021-735-5 03810

값 11,000원

*본 도서는 (재)공주문화관광재단(대표이사: 이준원) 사업비로 제작되었으며, 「2023 공주
 이 시대의 문학인」 선정 작품집입니다

천사
아가에게

오정희

복음 아가에게

시인의 말

시는 젊어서 쓰는 것이라고들 말합니다.
그런데 나는 부끄럽게도 80이 한참 넘었습니다.
그러면 나의 시는?
그래도 부끄러움을 무릅쓰고 부족한 졸시들을 여기 담았습니다.

부끄러움 잘 타는 저에게 용기를 주신 공주문화관광재단 관계자 여러분들께 감사의 말씀을 드립니다. 또한 졸시들을 읽는 과정에서 많은 도움 말씀을 주신 구중회 교수님께도 감사의 말씀을 드립니다.

아울러 부족한 작품들을 꼼꼼히 읽고, 과분한 평을 써주신 김재홍 님께도 감사의 말씀을 올립니다. 또한 졸시들을 잘 엮어 이처럼 아름다운 모습으로 출판해 주신, 천년의시작 출판사 사장님께도 감사의 말씀을 드립니다.

2023.
강헌규

차 례

시인의 말

해 설

진실 그리고 진심

"'오지 말라' 한다고 아니 오나요?"
"그러면 [오지 말래란 말이
'오라'는 뜻인가요?"
"'정말로 오지 말라'는 뜻은
[오라고 해야 하나요?"
말은 참마음을 나름에
얼마나 살가운 전령傳令인가요?

사랑하는 사이의
[아이 몰라요]란 말은
어디까지 참이고,
[아이 싫어요]는
맹세코 정말인가요?

말은 마음을 실어 나르는
수레이기는커녕
억지 춘향이인가요?

가을 소식

하늘이 참 파랗네요
구름은 둥둥
햇솜[1] 처럼 피어올라
새하얗고요

매미 소리가 뜸하니
이젠 가을이라네요
그늘 바람은 서늘하고
새침한 햇볕은
고니 깃 같네요

---

1. 햇솜: 그해에 새로 난 솜.

눈을 부릅떠야 한다

깜깜하여
아무것도 보이지 않을수록
눈을 부릅떠야 한다

심 봉사도 눈을 부릅뜨고 있다가
청이를 만나지 않았는가?

저기 어두움 속에
빛의 싹이
다가오고 있지 않는가?

가을의 꿈

내가 가는 길에
단풍丹楓이 지는 뜻은?
내게 레드 카펫을
마련하려고 그러네

저기 은행잎이
하르르 내려앉는 뜻은?

임이 오시는 길에
금빛 카펫을
마련하려는 것이라네

자유

억압 속의 방자放恣함보다
자유 속의 절제節制는
얼마나 의젓한 미인美人인가?

내가 열쇠를 쥐고 있는
구속은 자유다
네가 열쇠를 가지고 있는
자유는 구속이다

핑계

오라고는 안 했지만
오지 말라고도 안 했어요

가라고도 아니 했고
가지 말라고도 아니 했어요

그대는 벌써 와 있잖아요
그대는 나의 순둥이잖아요

함박눈

하늘하늘 한들한들
원무圓舞로 내리던
엊저녁 가로등 불 아래
한겨울 날벌레들

가로수 가지 위에
갓 타 온 햇솜으로 앉아
이 아침 새해 날빛으로 하여
참 따습기도 하여라

승리할 때까지
―한○○ 선생님의 발분을 위하여

강자强者의 오만을 어찌 나무라랴

승자의 거들먹거림을 어찌 탓하랴

약자여!

와신상담臥薪嘗膽할지언정 비굴하지 말라

패자여!

눈물을 거두고 일어나라

정의가 패배할 수는 있어도

패배가 정의는 결코 아니다

유약柔弱은 절대로 칭송稱頌할 일이 아니다

그대의 패배 앞에 날뛰는

저 승자의 방자放恣함을 보아라

일어나라 패자여

칠전팔기七顚八起는 말만 들었지만

사전오기四顚五起는 가까이에서도 안 보았는가?

나약懦弱을 미덕美德으로 말하지 말라

패배의 예찬은 어디에도 없다

승리를 위하여 오직 승리를 위하여

일어나라 예비 승자여

떨쳐 일어나라

설욕雪辱을 위하여

오랜만에 산 위에 올라

못 만나 본 사이에
나무들은 몰라보게 커서
땀 좀 들이라고
내게 그늘을 주는데
나는 시샘을 못 이겨
저기 우듬지 사이로 흐르는
흰 구름만 치어다보고 있었다

코로나 19 한恨

소식 없는 걸 보면 네가 죽었는가?

네가 죽고 내가 살면
너 보고 싶어 나 어떻게 산다냐
넌들 죽고 싶어 죽었겠냐만
아까워 아끼던 것들
어떻게 두고 눈감았느냐
남 주기는커녕 너 살지도 못한 것들을

내가 죽고 네가 살면
사랑하는 너 두고 나 어쩌란 말이냐
한날한시에 죽자던 말이야 하는 말이지
광壙이 같은들 무슨 소용이 있겠느냐
네가 죽고 내가 살면 나 너 어떡하지?
내가 죽고 네가 살면 너 나 어떡할래?

어느 싸움

진짜[1] 가짜[2]와 가짜 진짜가 싸웠습니다
서로 자기가 진짜 진짜라고 싸웠습니다
싸우기는 진짜로 잘하였습니다
누가 이겼는지는 잘 모르지만요
풍문에는
진짜 가짜가 이겼다고 하더군요

진짜 진짜와 가짜 진짜가 싸웠습니다
서로 자기가 진짜 가짜라고 싸웠습니다
싸우기는 사랑싸움처럼 하였습니다
누가 이겼는지는 잘 모르지만요
들리기에는
웃고 헤어졌다고 하더군요
진짜 진짜의 말이래요

1. 진짜(眞-): ① 거짓이나 위조僞造가 아닌 참된 물건. 진품眞品. 진물眞物. ② 〈속〉 거짓이 아닌 사실事實. 실지의 일.

2. 가짜(假-): 참 것처럼 꾸민 거짓 것. 위조한 것.

* 군말: ① 여기서 '진짜'·'가짜'의 규명은 절대자 또는 신이 하셔서 오류는 절대로 없다고 전제함. ② 어디에 가면 '가짜 명품' 즉 '가짜 진짜'라고 밝히면서 파는 가게가 있다고 한다. 값은 진짜의 반값 혹은 반의 반값이다. 가짜가 진짜라고 나서기는 해도, 진짜가 가짜라고는 좀처럼 하지 않는다. 연예인·특수 직업인은 영화나 연극에서 자신(진짜)을 자기 아닌 사람(가짜)으로 처신할 수가 있다. 이를 사회는 공인·묵인한다. 가짜 노릇을 잘할수록 칭찬을 받는다. 영화나 텔레비전 연속극은 이들의 연기演技로 만들어진다.

만추晩秋의 풍경

활엽수闊葉樹 속의 늦가을
산후박나무 잎이 지는가
산비둘기가 내리는가?

이럴 때가 아니어요

우당탕 투탕
한바탕 부부싸움하였지요

여보
나 저기 둠벙에 가서
툼벙 빠져 죽는다

여보 여보
부르기는, 왜요

풍덩 빠질 때
치마폭에 큰 돌멩이를
안고 뛰어내려야
안 떠요

여보 나
밭가의 돌멩이 가져올게
밥이나 해 놓고
기다렸다가
나 보고 가요

뒷모습

그대 거울에 비친
앞머리가 깔끔하다고
뒷머리도 간조롱하리라고요?
배면경背面鏡이 없으시면
빗질이라도 한번 하시라고요

자호自號 범산凡山 풀이

자호自號를 범산이라 했다
'범상凡常한 산'이란 말이다
누군들 부귀富貴를 마다하랴만
하늘이 주지 않는 것을 가지려면
반역叛逆이 되고,
세상이 용납하지 않으면
하늘도 어쩔 수 없는 것

분수를 지켜 살라
순리順理를 따라 살라
환갑 잔칫날에 받은
양강재楊江齋[1] 어른의 말씀
'외칭범산外稱凡山
내비준악內備峻岳'

1. 양강재楊江齋: 강우영(姜友永, 1924~2011). 충북 영동 출신. 대법관.

칡넝쿨과 스트로브잣나무

타관살이도 서러운데
얼기설기 덮어씌운
칡넝쿨의 숨막히는 옥죔

하늘을 뚫는 인고忍苦의 세월
청산을 휘감던
내밀內密한 음모
너 어디 갔지?

* 20년 전쯤 외래종 스트로브잣나무 묘목을 시청에서 인근 공원에 심었
  다. 칡넝쿨이 그 무성한 잎으로 잣나무를 폭 덮어씌웠다. 잣나무 묘목
  들이 다 죽어 가고 있었다. 안쓰러워 칡넝쿨을 잘라 걷어 주었다. 지금
  은 무성하게 자라 오른 잣나무들이 하늘을 가리고 있다. 칡넝쿨은 흔
  적도 없이 사라졌다.

순둥이에게

세상이
눈에 불을 쓰고 살라고
밝은 날에도
눈에 불을 쓰고
큰 길에 흘러넘친다

눈에 불을 쓰고 살라는데
순둥아
이 땅덩이가 둥근 줄도 모르고
동서도 분간 못 하는
우리 순둥아 너는
어찌한단 말이냐
말이냐?

눈 오는 밤의 가로등

차디찬 정열의
삼동三冬 부나비들

열어라 열려라
깨져라 머리로 두드리는
광란狂亂의 하늘문
승천昇天을 위한

살아왔노라
이 열광의 밤만을 위해
인고忍苦의 세월을

퍼부어라
들어부어라
정열의 부나비들을
이 삼동三冬의 계절에

옛적 어린이 노래 1

이 거리 저 거리 각 거리

돈대 만대 도만대

짝발이 시양반

도루마직기 장도칼

모기밭의(/에) 독수리

칠팔월의(/에) 대사리[1]

동지섣달 무서리[2]

* 무릎을 편 할머니 앞에 손자(/녀)도 교대로 무릎을 펴고 마주 앉아, 위
  의 노래를 부르면서, 왕복하여 무릎을 찰싹찰싹 친다. 노래가 끝날 때
  친 무릎을 구부린다. 똑같은 노래와 동작을 반복한다.
1. 대사리: 대서리(大霜). 칠팔월에 큰 서리가 올 리 없다는 뜻.
2. '동지섣달'에는 '무서리'가 아니라 '큰 눈'이 온다.

옛적 어린이 노래 2

달강 달강 달강아
서울 갔다 밤 한 되를 얻어다가
살강 밑에 파묻었더니
머리 감은 새앙쥐가
들랑날랑 다 파먹고
밤 한 톨이 남았는데
옹솥에다 삶을까
가마솥에다 삶을까?

어디다 삶을까?
(가마솥에다)[1]
가마솥에다 삶아서
조랭이로 건질까
함박으로 건질까?

무엇으로 건질까?
(함박으로)
함박으로 건져서
왕껍데기는 누구 줄까?

(형/언니)[2]

왕껍데기는 형(/언니) 주고

버네기는 누구 줄까?

(아버지)

버네기는 아버지 주고

알맹이는 너랑 나랑

쪽 쪼개 먹자

1. 이때 아이의 선택은 어처구니없이 과장된 것을 고른다. 밤 한 개를 삶
    는데, 가마솥(부엌에서 가장 큰, 아주 크고 우묵한 솥)에다 삶겠다면서,
    아이는 시원하게 웃는다.
2. 이때 아이의 선택은 제일 미워하는 사람을 고른다.

사돈查頓 내외분께 그리고 유상裕尚 부부에게

사돈이란 혼인한 두 집의 부부끼리
서로 부르는 정겨운 말입니다
몽고어·만주어 'Saddun'의 취음표기取音表記입니다
옛적엔 친구 사이가 사돈이 되기도 하였지요
곱게 가꾼 적령適齡의 예쁜 딸
애써 키운 듬직한 아들을 둔
흉허물 없는 우정友情의 자연스러운 모습이었지요

해주 오씨의 사랑스러운 딸 상은尚恩과
진주 강가의 의젓한 아들 유원裕元이
서로를 제 몸처럼 사랑하여
하늘이 정한 배필이 되었습니다
하여 하늘이 점지한 수아Shua를 받아 왔습니다

가까이 두고도 귀여워
어찌할 줄 모르는 손자 수아
멀리 있을수록 더욱 그리운
사돈의 따님과 사위, 저희의 아들과 며느리를
밤낮이 다른 지구의 반대편에 보내어 두고

자식 그리움을 하소연할 사람은

이 세상에

사돈 내외분뿐임을 어찌하란 말이오

쇠 새(비행기)를 타고

밤새워 달려가 보기 전에는

풀 길 없는 동병상련同病相憐의 그리움은

사돈 말고는 누구에게 하소연하겠어요?

사돈 친척, 친척 사돈

사돈 내외분

우리도 이제 배우자고요

젊은 내외가 팔짱 끼고 가면

우리도 팔짱 끼고 가고,

업고 가거든 우리도 업고 가자고요

스스럽다고 외면만 한다고 될 일이 아니잖아요

우리는 이제 얼마 남지 않은 인생이잖아요?

사위야 딸아, 아들아 며늘아,

세상살이에 바쁘고

아기 키우기에 바늘 꽂을 틈이 없어도

자주 소식 전하렴

서울 아버지 어머니 먼저(아범)

대전 아버지 어머니 먼저(어멈)

그래야 수아도

아빠 엄마, 엄마 아빠

Papa Mama, Mama Papa 한다고요

그래야 수아가 Harvard

혹은 MIT에서 공부를 잘 한다고요

유원裕元은 이제

미국 화성돈(華盛頓, Washington) 강씨의 시조始祖요

상은尙恩은 그 시조 부인始祖人입니다

180톤짜리 범선帆船 메이플라워Mayflower호를 타고

400여 년 전, 1620년에 벌써

영국에서 대서양을 건넌

필그림 파더스Pilgrim Fathers를

항상 잊지 말아요

서부 개척자의 정신으로

미국 주류 사회主流社會의 일원으로
헌신 봉사하며 당당하게 살아가요

도움이 필요한 겨레를 만나면
도울 수 있는,
도움을 받을 자격이 있는 겨레를 만나면
발 벗고 손 걷어붙이고 도와주어야 해요
나도 아쉬울 때가 있어서만은 아니어요
한인들끼리만 패거리 지어 다니며
싸우고 다투어서
남들의 웃음거리가 되어서는 안 돼요

유원裕元 상은尙恩 부부는
하늘이 내려 주신 천정배필天定配匹입니다
부부가 살아가노라면
의견이 일치되지 않는 경우가 없을 수는 없지요
그럴 때는 그 일이 온건穩健한 상식으로
남자의 관할管轄이면 남편의 판단을 따르고
여자의 소속이면 아내의 주장을 존중해 주고,

잘 모르겠으면 한 주 혹은 두 주 후로 미루어요

그러면 합일점 혹은 개선책이 나와요

자녀의 양육 문제로는 다투지 말아요

자녀의 양육 문제가

가정에서 중요한 문제가 아닌 것은 아니지만

부부가 싸울 만큼

중요한 것이 아님은 늙으면 알아요

늙어서 알면 늦은 것이지요

결코 남에게 찾아가 묻지 말아요

그리고 싸운 그날은 반드시 꼭 껴안고 자야 해요

그리 해야만 늦게사 출발해 찾아 나선

유원裕元 상은尙恩 부부의 금싸라기 같은

인생의 행복과 부부 금슬의 몫을 챙길 수 있어요

서울의 아버님 어머님

대전의 아버지 어머니가

밤낮이 다른 지구의 반대편에서

밤낮으로 지켜보고 있어요

수아도 말끄러미 쳐다보고 있어요

저 청춘아

신형 오토바이에 앉아
긴 머리의 처녀(?)에게 허리가 붙잡혀
'푸왕!' 천지를 진동하는 하얀 방귀 소리와 함께
새로 포장된 도로 위를 날아가는
저 청춘들아!

아니 어쩌자고 이 나이에
저 청춘들이 이렇게 부러우냐
철도 모르고 부러우냐?

나 지금 쭈그렁 밤송이지만
이래 봬도 왕년에 환갑 지나서
원조 번지점프대에서 뛰어내린
겁 없고 철없는 사나이였다고
왜 이래
번지점프 인증서도 갖고 있다오

인사 말씀

어디 가셔요?
왜 물어요?

진지 잡수셨어요?
아직 안 먹었어요
왜요?

안녕하셨어요?
못 안녕했어요?

안녕하세요?
그럭저럭요

좋은 아침입니다
양풍洋風이 들었군요
비 오네요

축하합니다
무얼요?

살아 계시잖아요?

아! 고맙습니다

축하합니다

• 나의 후배 한 사람은 사람들을 만날 때마다 "축하합니다"라고 인사를
  한다. 왜 축하를 하느냐고 물으면, 이 살기 어려운 세상에 살아 있음을
  축하한다는 뜻이라고 말한다. 기발한 생각이라고 나는 대찬성이었다.
  코로나의 험한 숲을 헤치고, 살아남은 일은 정말 축하할 일이다. 개똥
  밭에 굴러도, 이승이 저승보다 더 좋지 않은가? 우리가 부존재·사멸의
  숲을 헤치고 살아남는 일은 진심으로 축하할 일이다. 오늘 우리 이렇게
  건강하게 살아 있음을 진심으로 축하합니다. 거듭 축하합니다.

다비드상像 앞에서

육신의 달콤함을 어찌 마다하리야
죽으면 그만이라는 헛이름을
어찌 몸 써 구求하리야

홀로 있으매 더욱 삼가라 했지만[1]
달콤한 초콜릿을 어이 뱉으리야
여유餘裕를 보석으로 여겨 애를 태웠지만
고적孤寂을 핑계로 고독은 도망을 쳤다
유유자적悠悠自適[2]은 성인군자의 몫인가?
속인俗人은 한거閑居하매
사련邪戀을 위해 죽음의 미끼를 문다

다비드상像의 젊은이여
뭇사람 앞의 나신裸身
그 중심에서도
황제처럼 당당한 당신은 누구신가?
한 오라기 실의 도움도 없이
이 맑고 밝은 날에,
아내 이브를 거느린

아담도 아니면서

그대의 청결淸潔을 부러워하여
겹겹 옷 속에서도 몸을 사린다
나도 철없이 그대 앞에 서고 싶다
달빛은커녕 별빛도 아니 쏘여
번뇌의 티끌을 떨친 알몸으로
부끄러움 한 점 없는 알몸으로
그대 앞에 감히 서고 싶다

아~ 그러나

1. 신독愼獨: 홀로 있을 때 삼감(『大學』, '君子 必愼其獨也').

2. 유유자적悠悠自適: 아무것에도 속박되지 아니하고 마음 내키는 대로
   여유 있고 한가하게 생활함.

두 도붓장수[1]

새우젓 사려

새우젓

조기도

조기

---

1. 도붓장수(到付-): 물건을 가지고 이곳저곳 돌아다니며 장사하는 사람.
   도부꾼, 행상인, 행상꾼, 행상行商. 새우젓 장수는 상사람·장돌뱅이.
   조기 장수는 퇴락한 양반 출신. 수염이 석 자라도 먹어야 살기 때문에
   장삿길에 들어섰다. 양반은 '하오체'를 못 배워서 '사려'란 말을 못 한다.
   그래서 '조기도 조기'라고만 한다. 새우젓 장수를 따라다니는 까닭이다.

나의 무지無知

두꺼운 나무인가
굵은 책인가요?

얇은 손목인가
가는(細) 책인가요?

너무 고맙습니다
그러면 덜어 가시지요

부모님 때문에 잘 살아요
소매치기 덕분에 죽겠어요

교통사고가 났어요
사랑하는 그녀가 타고 가던 차여요
행여나 그녀가 죽었나요?

김○○ 동문의 손녀 김○○의 S대 미대 합격을 축하하면서

적선지가積善之家에 필유여경必有餘慶이란 말이 있습니다 주역周易 곤괘坤卦에 나오는 말이지요 덕을 쌓고 선행을 베푼 집은, 그 은택이 자손에게까지 이른다는 말입니다 저는 지금 동문님 가정의 경사와 동문님 손녀 ○○의 영광을 축하하면서, 손녀에게 당부의 말을 하고자 합니다

이제 더 높은 공功을 쌓아
한국 미술사의 찬란한 영광이자
세계 미술사의 빛나는 보람이길
우리 모두의 정성 어린 마음으로 빕니다
옥을 다듬는 지극한 정성으로
금강석을 연마하는 불타는 정열로
훌륭한 스승을 받들어 공부하고
최고의 전통을 이어받으시오
하여 하늘이 내려 주시고
조상이 받들어 주신
섬광閃光 같은 재능을
마음껏 꽃피우십시오
샘이 깊은 물은 그치지 않고 흘러

내를 만들고 강을 이루어

반드시 바다에 이른다고 했습니다

큰 열매를 맺으려는 나무는

땅속 깊은 곳의 자양분을 쉼 없이 끌어 올리고,

천수千手의 팔로 뜨거운 태양을 맞아

인고忍苦의 세월을 마다하지 않지요

세은世恩이여, 강건 행복한 가정에서

천년수千年樹로 자라십시오

더욱 큰 영광을 위해

천천히 그러나 쉼 없이

심신心身 그리고 영감靈感을 단련하십시오

아울러 우리의 자랑스러운 김○○ 동문님이시여!

사랑스러운 손녀의 영광을 몸소 보기 위하여

더욱 강건 · 장수 · 행복하시기를

여러 동문님들과 함께 간절히 기원합니다

(2023. 2. 10.)

매화야

너는 왜 이제야 피었느냐
이 봄은 자꾸 이울고 있는데

너는 이 천지에 누굴 믿고
자꾸 예뻐 만지느냐
철도 모르고

큰 글씨로 말해 주시오
—노안老眼 노인老人의 하소연

잔글씨는 멋으로도 쓰지 마시오
잔글씨로는 멋도 내지 마시오
당신들의 배부른 멋 내기에
등이 터지는 늙은 새우가 있소

보일 듯 말 듯 상냥한 글씨 · 말씨보다는
수퉁스러운 쇠 뚝배기의 큰 소걸음이 더 좋소
잔글씨로는 선물도 싫소
노안老眼에 좋다는 명약名藥도
잔글씨 · 속삭이는 말씨로는 싫소

어느 테니스 시합

여러 해 전 일이다
병약한 그가 오랜만에
테니스장 벤치에 앉아 있었다
체육과 교수가 다가와
그에게 시합을 청했다
만만했던 모양이다
'육 대 빵'으로 이겨 주겠단다
그는 조용히 응했다

첫째 게임은 그가 7대 5로 간신히 이겼다
둘째 게임은 6대 4로 이겼다
셋째 게임은 6대 3으로 이겼다
넷째 게임은 6대 2로 이겼다

체육과 교수는 사색이 되었다
그는 생각했다
'여기서 이기면 뭐 할 거야'
그가 조용히 말했다
"제가 힘들어 그러는데

그만합시다"

교수는 구세주를 만난 듯 반가워했다[1]

벤치에 앉아 있던

사람들이 모두 웃었다

---

1. 넷째 게임까지 이기고도 '그'는 체육과 교수의 체면을 보아, 게임을 그
만하자고 하였다. 테니스 선수에게 문의했다. 시합을 이렇게 중단한
경우는 '그'가 '기권 패'한 것이 된단다. 잔짜 테니스 규칙대로 교수의
자존심을 살려 주려면, 다섯 번째 게임부터 6 게임을 계속 져 주어야
한단다. 혹은 6:6의 경우라면, 2 게임을 연속 더 져 주어야 한단다. 그
러나 이것도 스포츠맨십sportsmanship은 아니란다. 정정당당하게 싸
워야 한단다.

어느 아파트 입구에 세워진 시비詩碑 이야기[1]

멋있는 시비詩碑가 마을 어귀에 서 있었다
오석烏石에 음각陰刻되어
박속 같은 흰 이를 머금고
아름다운 '나의 집'은 '물가 뒤'에 서 있었다

주인은 '박ㅇㅇ'라고 씌어 있었다
아닌데?
시집을 뒤적여 확인까지 했다

여기저기 물어 보았다
집 지은 이들의 답은
보수 기간·시효時效 만료라고

새로 옹립擁立된 '김소월'은
하얀 분가루를 바르고
시제詩題 '나의 집' 오른편 밑에,
폐주廢主는
음각陰刻 속에 먹물을 쓰고
저 아래에 그대로 서 있었다

먼 훗날
진짜 임금님의 흰 비단이 삭아 내리고,
폐주廢主가 먹물을 헤치고 나와
'돌에 새겨진 글자를 보아라' 하며
세상을 활보하시면 어쩌지?

이래도 저래도
'물가 뒤'의 '나의 집'은
아무러한 말이 없었다

---

1. 오석烏石에 깊이 음각陰刻, 그 속에 하얀 페인트를 발라 멋지게 세워진
시비詩碑가 있었다. 작자 이름이 잘못 음각陰刻되어, 작품의 맨 아래
에 있었다. 시정 요구에 의해 어렵게 고쳐졌다. 올바른 시인 이름은 흰
페인트로 시제詩題 오른편 밑에 씌어 있었고, 잘못된 작자 이름은 깊
은 음각陰刻은 그대로 두고, 까만 페인트만 칠해 있었다.

효불효교孝不孝橋[1] 위에서

옛적 선비는 텃밭을 가꾸지 않는다고 했다
농사짓는 이들의 노고를 덜어 주기 위해서라고 했다
나는 텃밭을 놀려야 하나요?

옛 사람들은 하수구에 끓는 물을 버리지 않는다고 했다
그곳에라도 사는 생령들을 생각해서라고 했다
우리 아파트 하수구로 지렁이가 올라와요
어떡하지요?

뱀에게 물린 개구리를 풀어 주어야 하나요
사마귀에게 잡힌 잠자리를 풀어 주어야 하나요?
본척만척해야 하나요?

---

1. 옛적 한 과부가 아들을 재워 놓고 밤에 내를 건너 사랑하는 남정네를
찾아갔다. 어머니가 찬 냇물을 건너, 사랑하는 이를 만나고 오는 것을
아들이 알았다. 어머니를 위해 냇물에 몰래 돌다리를 놓아 드렸다. 이
다리는 어머니께는 효교孝橋이고, 아버지께는 불효교不孝橋였다.

어느 은행 입구에 서 있는 조형물造型物을 보고

―바지저고리에 맥고모자 차림으로 쟁기를 지고, 송아지 딸린 암소를
  앞세워 들로 일하러 가는 농부의 조형물 앞에서

지금은 바람 쌩쌩 불어

나이테처럼 눈 날리는 겨울날

어미 소는 송아지가 안쓰러워

눈물 그렁그렁한 눈으로

아기에게 다가가지만

더는 어찌할 수가 없었다

지나가던 이가 말했다

송아지에게 옷을 입히자고

곧바로 새 덕석(牛衣)을 입고

모녀는 소 웃음으로 서 있었다

저기 농부 아버지는

맥고모자에 여름 바지저고리

맨발에 흰 고무신을 신은 채로

삼동三冬의 눈바람을 안고

쟁기를 훈장처럼 메고 서 계셨다

벚꽃 잔치에 갔더니

벚꽃이 내게 말했다

"날 보러 왔어요?"

나: ???

벚: 나, 예쁘지요?

나: ???

벚: 너도 한번

　　나처럼 활짝 피어 보렴

　　아직도 안 늦었어

나: ???

벚: ???

나: 나 보러 왔어요 나

엄마와 아기

소 아기는 송아지
말 아기는 망아지
돝(豕)의 아기는 도야지 〉 돼지[1]

아기 사자는 귀여워도
어미 사자는 사납고,
고슴돝 아기는 어려서도 고슴돝
커서는 더 큰 고슴돝

어미 사자
제 젖 물려 새끼 품고
세상에 순하기는
내 새끼라 하는데,
고슴돝은
함함할[2] 손
제 아기라 하네

1. '돼지'란 말은 '돝(豕) + 아지(子) 〉 도아지 〉 도야지 〉 돼지'의 과정을
   거친 말. 곧 '돼지'란 말의 어원적 의미는 '돝새끼(豕子)'란 말이다.
2. 함함하다: (털 따위가) 보드랍고 윤기가 있다.

돌계단

아랫돌이 윗돌을
머리에 이고 오르는가
윗돌이 아랫돌을
꿰어 차고 내리는가?

아랫돌은
그 아랫돌의 윗돌
윗돌은 그 윗돌의 아랫돌

아랫돌 윗돌 아랫돌 윗돌
꼭대기까지 이어지는
군자君子 처음 나는 소리(ㄱ)
그대 이름은 계단階段

윗돌 윗돌은 불공드리러
숨차 오르는 어머니 허리
아랫돌 아랫돌은
나자那字 처음 나는 소리(ㄴ)
다정한 연인의 발걸음 소리

모인某人의 방랑放浪·방황벽彷徨癖

I. 산골 아이

일제 강점 말기에 태어났다
네 살 혹은 다섯 살 적 일이다
밖에 나가 놀다가 집에 와 보니
엄니 아버지가 없었다
앞 못 보는 할머니께 물었다
"밭에 갔다"
아이는 밭이 어디 있는지도 몰랐다
그냥 산속 어디쯤에 있겠지
동네 뒷산으로 올라갔다
조촘조촘 더 높은 산으로 올라갔다
허리띠처럼 사방공사砂防工事를 한 산에는
산딸기가 익어 늘어져 있었다
새콤달콤한 산딸기를 따먹으며
산딸기에 끌리어 산으로 산으로 들어갔다
해가 설핏해졌다
어느 골짜기로 들어섰다
동네 개 비슷한 것이 덤빈다

발로 팍 찼다
도망갔다
뒤에 알고 보니 늑대였다

다음 골짜기로 들어섰다
옴팡진 산길이
양쪽에서 자라오른
조랭이풀로 가리워져 있었다
한 아주머니가 머리에 함박을 이고
한 손은 함박을 잡고
다른 한 손은 무얼 먹으며 가고 있었다
아이는 울면서 그 여인을 따라갔다
그 아주머니는 먹던 것을 던지듯이 주면서
앙칼진 목소리로 말했다
"애야, 이거 먹고 따라오지 마라"
그것은 오이였다
참으로 맛있었다
다시 울면서
어두워지는 산속을 헤매고 있었다

일터에서 돌아온 아버지 어머니
집 안에 있어야 할 아이가 없어졌다
동네 어른들은 모두
아이를 찾아 사방으로 나섰다
어떤 이는 성급하게도
둠벙을 휘저어 보기도 하고
어떤 이는 산 너머 마을을 찾아 나서기도 했다
누가 그러는데
증상굴인가 승적굴 어느 외딴집 사람이
머시매를 데리고 있단다

산속 외딴집 주인의 말이었다
웬 어린애가 울면서 산속을 헤매고 있었다
데려다 밥 먹이고
씻겨서 뜰팡에 앉쳐 놓았다
손발 어디 한 곳
아니 긁히고 찔린 곳이 없었다

어떻게 알고

찾아온 아버지
오막살이 주인 아저씨께
고맙다는 인사 끝에 아이를 업고 나섰다
아이는 푸근한 아버지의 등에 업혀 오면서 말했다
"어떤 개 같은 게 덤비길래
내가 발로 팡 찼지"

Ⅱ. 도시에 나간 소년

초등학교 입학 전, 8·15 해방 전이었다
여섯 살쯤이었다
아버지를 따라 고모네 집에 갔다
당시는 친척끼리는
서로 손님으로 다니는 따스한 풍습이 있었다
고모네는 찰카닥 찰카닥 인쇄소를 했다
고모부는 벽에 붙은
나팔 비슷한 것에다 입을 대고
꼬불꼬불한 끈 끝에 매달린 뭉툭한
작은 방망이를 귀에 대고

혼자 지껄이다 웃다 하는 것(전화)이 신기하기도 했다
쇠로 된 토막 같은 것에서
사람 소리가 나는 것(라디오)도 참 신기했다
어른들은 그 속에
사람이 들어 있다고 웃으면서 말했지만
믿겨지진 않았다

아이는 또 혼자 거리 구경을 나섰다
은행나무 거리(지금의 대전시 은행동)를
조금씩 조금씩 벗어났다
사람들도 많고 자동차들도 많았다
자동차를 보랴
진열창 안의 신기한 것들을 보랴
산골 아이는 시간 가는 줄을 몰랐다
고모네 집에선
아이가 없어졌다고 야단이 났다
고모네 온 식구에 인쇄소 직원도 나섰단다
동사무소에 연락, 방송도 하였다
어떻게 찾았는지는 모르지만

63

찾기는 찾았단다

Ⅲ. 중년의 사나이

덴마크 정부 장학금(DANIDA)을 받아
처음으로 비행기를 타고 코펜하겐행
이젠 39세, 불혹의 앞이다
같은 경우로 온 다른 나라 사람들과
시내 구경·동물원 구경 후
일행들은 나를 숙소 가까이에 내려 주고 갔다
숙소를 찾아 기웃기웃하며 걸었다
그 집이 그 집이었다
자꾸 걸어 나갔다
도저히 찾을 수가 없었다
날은 어두워지고
북국의 눈발은 밤의 한기를 빌려와
내 볼을 때렸다
차들은 불을 켜고 쌩쌩 오가는데
인도에는 사람이 없다

추워도 등에는 땀이 흘렀다

도로로 내려가 손을 흔들었다

차들은 본 척도 않고 초저녁 거리를 달려갔다

비켜서다가 다시 나가 손을 흔들었다

마침 멈추는 차가 있었다

사정을 말하고 주소를 보여 주었다

나의 숙소로부터 꽤 먼 곳에 와 있단다

차 주인 어머니와 아들은

나를 숙소로 데려다주고

숙소에서 얘기하며 웃다가 갔다

그때 숙소 주소를 아니 갖고 나섰으면

어쩔 뻔했을까를 생각하면

지금도 등에 땀이 난다

그때 나를 숙소까지 데려다준

그 친절한 모자母子를 생각하면

지금도 고맙기 그지없다

우리 잠꾸러기야

태어날 때 받아 온 명대로 살다가
자는 듯 죽음도 천복天福이고,
하루 일 마치고 저녁 잘 먹고
지껄이다 졸다 웃다가 꾸벅꾸벅
업어 가도 모르는 꿀잠도 큰 복이어라

'이제 그만 자자 대간하다[1]
세상 걱정 그만하고, 나 졸려'
병아리 품은 어미 닭 졸듯
가을 들녘 볏단 쓰러지듯
졸다가 자는 양은 하늘나라 풍경

싸움터에서도 야습夜襲은 상스러운 일
자고 먹자는가 먹고 자자는가
새근새근 쿨쿨은 태평성대의 노래
저기 바보상자는 혼자 놀고
키다리 가로등도 졸고 있다

내일 일은 내일의 일이고

내일 일은 내 일이 아니리니
우리의 사랑이 샘솟는 식탁으로 가자
순한 소나기로 옷을 갈아입고
진수성찬이 아니라도 좋으니
함께 먹어야 정이 깊어진단다

1. 대간하다: '고단하다'의 충청 방언.

조강지처 糟糠之妻

젊은 날 그 좋은 청춘
시궁창에 다 버리고
80 가까워
꿀 다 빨리고
돌아온 늙은 낭군

돌아와 주셔서 고마워라
동네잔치 벌였네
어허, 우리 늙은 신랑
돌아왔네 조강지처 품으로

늦깎이 동방화촉 洞房華燭 한 해만에
골골거리다 가 버렸네
인삼 녹용의 효험도 없이
조강지처의 정성도 모르고

늙은 우리 신랑
그래도 내 신랑
저래도 내 낭군

저승에서라도 내 낭군

아무도 열녀비 세워 주자는
말 한 마디도 없었네
차디찬 비석 혼자
어두운 비각碑閣 속에
서 있음이 안쓰러워서였다네

아카시아꽃

달빛처럼 퍼지는
아카시아꽃 향기
고팠던 시절의 아리랑 고개

어린 시절 쌀강정
똑똑 따 먹던
달콤한 꿀 항아리
연분홍 꿀 꽃 항아리

아, 이제
다가가기엔 너무 높은
저기 계신 당신
연분홍 꿀 꽃 항아리

이팝꽃

시렁에 널어 놓은
쌀가루 흰무리
솜씨 자랑 나선
할머니의 쑥버무리

방아 찧다 튀어나온
절구통 둘레 쌀가루
길 위의 하얀 융단絨緞[1]
화창한 오월에 내린
푸근한 함박눈

---

1. 하얀 융단絨緞: 극진한 예우(대접, 환영)를 뜻하는 붉은 융단(the red carpet)을 생각하여 '하얀 융단(the red carpet)'을 빌려 온 것임.

나를 부르는 당신은

세상에 밥해 차려 놓고
나를 부르는 소리
당신은 누구신가요?

요것만 마치고
다 됐어요
곧 가요

밥이 식어요
국이 식어요
아이들 학교 늦어요

식어도 좋아요
당신의 따스운
그 정성만 말고요

나는 알아요
당신의 속을 다 태운
먼 길을 돌아온 방랑자를

이국 땅에서 만난 들깨

아내와의 산책길
여기는 남의 나라 땅
숲속 산책 길

저기 내가 농사짓던
들깨가 잡초 속에 서 있다
입양을 왔나
귀양을 왔나?

생존生存을 위해 달려간 향기는
내 밭 들깨 향보다 더 진한
거친 야생野生의 향기

진안 마이산

여기 돌은 돌이 아니다
믿음으로 모으고 쌓고
땀 흘리고
정성을 들인
무너지지 않는 탑이다

여기 돌은 돌이 아니다
믿음이요
땀이요
정성이다
여기 탑은 무너지지 않는 탑이다

큰 돌은 스스로 아래에 엎드려
자기보다 작은 몸을 받치고
작은 돌은
더 여린 이웃들을 섬기니
무너질 틈이 없다

하늘까지 닿으려는

끝없는 허영을 버렸으니

무너질 사이도 틈도 없다

걸음마의 신기함

아기가 일어서더니 걷는다
아장아장 걷는다
벽을 잡고 걷는다
삼각三脚이다

벽으로부터 손을 뗐다
아기가 혼자 걷는다
컴퍼스가 앞으로 걷는다
걸음쇠의 뒷다리가 앞으로 나오면
앞다리는 뒷다리가 된다
걸음마다

컴퍼스가 어떻게
발을 앞으로 떼어 놓아
나아갈 수 있을까?
아기의 걸음마는 참으로 신기하다
자전거는 달려 나가기나 하지
아기의 걸음마는
신의 솜씨다

눈은 내리는데

창밖에 눈이 온다
꿈속처럼 눈이 온다
누구를 맞으러 눈은 오는가?
오는 눈은 와서
속절없이 쌓이는데

첫눈이 오면 온다더니
눈이 너무 많이 와서
못 왔다고, 아니 왔다고?
눈이 가면 오려는가
눈이 멎으면 오려는가?

포도

포도는 왜 둥글까?
해를 닮아서 그럴까?
맛도 둥글다
포도 맛은
내 마음도 둥글게 만든다

여수 동백꽃

멀리서도 왔다고
웃으면서 반기는 여수 동백꽃
어떻게 알았지?
고전의 너울을 쓰고
웃으면서 나를 반긴다

나를 웃다가
뒹굴어 떨어진
너를 밟을 수가 없어
징검다리를 생각하다가
내가 뒹굴어 넘어졌다

세월

아무것도 아니 하기엔
하루가 십 년
무얼 좀 하려면
십 년이 하루

무얼 좀 하다가
쉬다가 하면
하루가 5년?
쉬다가 무얼 좀
하다가 하면
한 일이 없고

100세 시대의 청춘 노인

작년에는 여든네 살
올해는 만 여든세 살
영점오(0.5)를 곱하라니
마흔두 살
지금은 17세의 소년이라오
백 세 시대라 하니
백 살까지는 17년 남았잖아요

오는 해에는 16세
이팔청춘 마음만이라도요
삼 년 고개에서 넘어지면
3년씩 더 산다지만
나는야 한 해씩 젊어진다오

내년에는 열다섯 살
사느라고 사노라면
장도칼 찰 날도 오겠지요
귀엽다고 할 이 아무도 업는
아기 노인도
노인 아기도 되겠고요

해외 교포 시인님들께

고국산천에 묻히신
부모님 생각에
하고한 날 눈물만 짓지는 마셔요
너무 슬퍼하면 혼령들이
고이 잠들지 못하신대요
돌아가신 날이나 잊지 마셔요

모국의 하늘과 땅
너무 그리워하지 마셔요
남아 있는 이들의 몫이어요

바리바리 짐 싸서
새로운 하늘과 땅 찾아
다시는 돌아보지도 않을 양
독한 마음 먹고 나섰잖아요
친정이 그리워 울기보다는
낭군을 위한 식탁이나
서둘러 챙기셔요

두고 온 산천의
어두운 소식을 안고
비단 자루 찢는 짓은 하지 마셔요
남들이 웃어요
세상이 부러워하는 큰 상賞이
저들의 상만은 아니잖아요?

개척開拓이 남겨진 서부西部가 어디인가
지금 당장 찾아 나서요
온실의 화초가 되려고
태평양을 건넌 것은 아니잖아요
백마가 힝힝거리고 있지 않아요?

너무 영악하면[1] 못써요

하느님은 좀 어리숙한
사람을 사랑한대요
'가난한 자에게 복이 있나니'
라고 하셨잖아요

너무 영악한 똑똑이는
복을 안 주어도 잘 살 거라고
챙겨 주지 않는다네요

수소(牡牛: ox) 시험 문제에서
끝까지 하나만 고르면
반만은 맞잖아요
살살 피해 다니지만 않아도요

---

1. 영악하다: 이해에 분명하고 약다(영악獰惡: 모질고 악착함, 영맹獰猛).

저는요

성인成人 남자입니다
저는 소변을 본 후에
손을 씻습니다
어떤 때는 안 씻을 때도 있지만요

가만히 보니
어떤 남정네들은
용변 전에
손을 싹싹 닦데요
용변 후에는
그냥 나가고요

밖에 나갔다 돌아온 엄마는
손을 깨끗이 닦고 아가를 안더니
나갈 때는
화장을 하고 나가데요

큰 어른이 그리워요

없는 살림에 초라한 문벌門閥
철없는 말썽꾸러기 술주정뱅이 틈바구니에서
집안을 일으키려 애쓰는
우리 집 상기둥을 위한
불기둥 구름 기둥[1] 같은
큰 어른은 어디 계신가요?

없는 돈 내고도 남들 배 아프게
못난 손자 헛자랑 마시고
우리 집 상기둥의
지친 몸 마음에 능력을 불러 줄
불기둥 구름 기둥 같은
큰 어른은 어디 계신가요?

그늘과 어둠의 골짜기에서
흘깃할깃 · 삐쭉빼쭉하며
바짓가랑이 잡는 못난 이웃들에게
불기둥 구름 기둥 같은
큰 어른은 어디 계신가요?

쓸 때 쓰지 않는 큰 그릇은

내다 버릴 그릇이오

주린 이에게 상감청자는

이 빠진 사발만도 못한 것

배가 기우는 줄도 모르고

악머구리처럼 싸우는 철부지들에게

애가 잦다 타다 하는

조타수操舵手에게 묻노니

불기둥 구름 기둥 같은

큰 어른은 어디 계신가요?

1. 불기둥 구름 기둥: 『성경』(「신명기」 1장 29-33, 「출애굽기」 13장 18-22).

시인이시여

우리나라가
세계 경제 대국 몇의 하나라는데
부자는 그 책무가 따로 있다데요
노블리스 오블리주[1]

시인은 나라의 꽃이라데요
등불이라고도 한대요
철 지난 달력 뜯어내어
책을 싸지 말고
새 책도 사셔요
술만 너무 들지 마셔요
완적阮籍[2]의 장취長醉[3]는
오늘 미덕이 아니라오

도시 빌딩의 숲속에서
초가지붕 위의 달을 노래하지 마시오
피(稗)와 벼도 구분 못 하고
호미질 · 삽질 · 낫질도 못 하면서
고향을 말하지 마시오

흔히들 말하데요
부모가 가난한 건
부끄러운 일이 아니지만,
자기가 평생 가난함은
부끄러운 일이라고요

건강한 시인이시여
붓방아를 찧느니
일터로 달려가시오
배운 운전 기술로 트랙터 몰고
처녑에 ○ 쌓이듯
일이 쌓인 들녘으로 갑시다

삽과 괭이로 들판에
크고 튼실한 시를 씁시다
열매를 맺어 오던 곡식들도
배가 불러 오던 무 · 배추도
얼럴럴 상사뒤야
함께 춤을 추자고 매달리도록요

1. 노블리스 오블리주Noblese oblige: 사회적 지위에 상응하는 도덕적 의무. 초기 로마시대에 왕과 귀족들이 보여 준 투철한 도덕의식과 솔선수범하는 공공정신에서 비롯되었다.

2. 완적(阮籍:210~263): 삼국 시대 위魏나라 사람. 죽림칠현竹林七賢의 중심 인물. 술을 좋아하고 현언(玄言: 노장 사상에 관한 담론)을 즐겼다.

3. 장취長醉: 항상 술에 취해 있음.

책

꽃다웠던 옛 영화는 어찌하고
수척하신 몸매에
몸 둘 곳을 모르시는가?
천도遷都할 적마다
천덕꾸러기 되셨는가?
어여쁘신 공주公主는 어디 가고
지엄至嚴한 궁궐은
누가 어찌했는가?

외로운 섬에 유배된
왕자에게나 하소연하려는가
가슴속 맺힌 한恨을

복위復位의 날은 언제인가요
찬란한 꿈의 왕관을 안고
벼르느니 권토중래捲土重來[1]
권토중래

---

1. 권토중래捲土重來: 한번 패敗하였다가, 세력을 회복하여 다시 쳐들어옴.

시 공부를 하셨나요

시는 공부해서 쓰는 것이 아니라던데요
명검名劍을 위한 단련鍛鍊을 말하는가요?
몸과 마음을
주림과 모멸 속에
죽음의 공포 속에
북극의 혹한 속에
독한 술독 안에 던져야 하나요
먼 나라 멋진 나그넷길을
다녀와야만 하나요?

하늘이 준 큰 재능이 아니면
큰 그릇은 못 된다던데요
누가 그대 보고
땅을 덮을 부富를 주문했소?
부모 봉양하고 처자 굶기지 않을
밥벌이나 하라는 거지요
밥벌이나 되나요
밥만 먹고도 사나요?

시 선생님이 당부하데요
시라고 가볍게 쓰진 마오
안 쓰고는 못 배기겠거든 쓰라고요
흔하게도 듣던 얘기네요
칠년대한의 마음 밭에
한 바가지 물 같은 시를 쓰라고요

소비가 미덕인 사회니라

없음(無)의 신기함

'없음(無)'[1] 은 인세人世에서
[없음(無)]이어야 한다
그저 누워 있을 수만은 없지만

'무無'는 무성한 숲이 타 버렸으니
남은 것이 무엇이겠는가?[2]

왕적王績[3] 의 자字는 무공無功,
' 功'이라고도 썼단다
그렇지 그렇고 말고

광활한 천지에
' 功'이라고 써 놓으면
뒷세상에는 '功'만 살아
오만傲慢만 자람을 어찌하랴

진짜 '무공無功'은요
' 功'이 아니라
'   '이 아닌가요?

먹물로 써도 '희다(白)'는 희고
'크다(大)'는 **작다(小)**'보다 크다

1. ' ' 안의 것은 '의미' 혹은 '실재實在'라고 할 수 있다.

2. 한자 '無'의 자원字源을 말한 것임. '無'는 본시 천天의 서북방을 굽혀서 무无로 썼다. 진한秦漢 이후로 숲이 무성한 '무蕪(茂·蕪)자의 아래의 수풀(林)을, 화火로써 태웠으니 없는(nothing) 것이 된다(류정기柳正基, 『선문자전說文字典』, 농경출판사, 1973, p.162).

3. 왕적(王績, 590?∽644): 당唐 강주絳州 사람. 자는 무공無功. 호는 동고자東皐子. 수隋 대업大業 연간에 효제염결孝悌廉潔로 천거되어 비서성 정자祕書省正字·육합현승六合縣丞을 역임하였다. 성격이 호방하고 술을 좋아하여 두주학사斗酒學士라 불리었고, 스스로 죽을 때를 알아서 자기의 묘지墓誌를 지었다. 시에 뛰어났다. 저서『동고자집東皐子集』(『구당서舊唐書 192』·『신당서新唐書 196』).

늙은 아내에게

당신 손등의 잔주름만 보고
내 얼굴의 검버섯은 못 본
나는 지금도 천둥벌거숭이라오
아직도 이팔청춘이라고 생각하는

지나간 아름다운 날들은
말해 무엇 하오
돌아보면 웃어 버릴 일로
찌그럭째그럭 다투지 맙시다
우리는 묻힐 곳도
치표置標[1]까지 해 놓은
늙은 지아비 · 지어미이잖소

지구의 반대편
밤낮이 다른 곳으로 헤어질 때나
숨이 멎어 몸이 굳어진 뒤에나,
아옹다옹하고 살던 날들이
그립다고 말하지 맙시다
지금(now) 여기(here)를 구순하게 살자고요

저기 우리 새끼들을 보아요
'하니 하니'·'꿀물 꿀물' 하면서
우리를 바라보는
저 슬픈 눈빛을 보아요
남은 날들을 세어 볼 사이도 없어요
지금 넘어져도 쓰러져도
스틱도 지팡이도 버리고
기어서라도 푸른 들판으로 나갑시다

내가 천하의 대장부였으면
나 당신을 만났겠소,
당신이 절세의 미인이었으면
나를 흔연히 맞았겠소
그래서 우리는요
오그랑 천생연분 아니오?
남들은 무어라고 수군거리더라도요

첫사랑은 남의 사람
당신은 나의 사람인걸

죽어서도 내 옆에 묻힐
나의 사람인걸

'아이고 허리야 무릎아'
꼬부랑꼬부랑
'나 죽겠네' 탄식은 삼가자고요
그리도 서둘러 먼저 가더니,
무덤 속 관절마저 흩어진
나의 친구들의 혼백魂魄이,
하얀 뼛가루로 항아리에 담긴
당신 소꿉친구들의 넋이,
양냥이 좀 그만 부리라고
저기서 투덜거리잖아요?
개똥밭에 굴러도 이승이 더 좋더라고요

언제 어디서 죽을지
둘 중 누가 먼저 죽을지도 모르는,
내가 먼저 죽어야 호강이라 하는
나의 생각할수록 안쓰러운 당신이여

볼수록 측은惻隱한 내 사람아!

1. 치표置標: 묏자리를 미리 잡아 표적을 묻어서 무덤의 모양과 같이 만
   들어 두는 일.

앞서 살다가 간 천재들을 야속해하면서

깊은 산 골짜기의 자잘한 광맥鑛脈마저
모두 파 드셨으니
무던한 조물옹造物翁도 노하실 만하리다
이삭(穗)은 남겨야지 우매한 중생 위해
그 옳이 천재라도 장수長壽는 모를 밖에

나는야 아오 괴테[1]는 왜 장수長壽했는지
그대의 금강석은 하늘이 주신 것
잊지를 마시고 이삭으로라도 남기시오
폐광廢鑛이 한 '캐럿carat'이라도 아니 잊도록요

옛적의 추수 시절 농부를 보시게나
몸 굽혀 주우라고 놓아 둔 벼 이삭을
그대는 아시는가 한여름 흘린 땀을
볏단을 통째로는 아니 주는 깊은 뜻을

천재의 볼멘 말을 들어나 보시오
이삭만 남김 아니라 무진장 광맥이오
심 봉사 두 눈을 탓할까

우리는 개천을 나무랄까?

논맬 때 호미밥에 쓰러지는 벼 포기를
뒤좇아 모를 추는 아이야 물어 보자
다정한 저 아재의 모 포기 지우는 뜻을
무렴[2]을 깨 주려는 깊으신 속마음을

이 곳의 광맥일랑 우리에게 일러 주고
서둘러 가시게나 달나라로 화성으로
채굴採掘을 기다리는 광맥이 넘쳐 나리니
우리는 달나라 · 화성의 여권이 없다오

1. 괴테(Goethe Johann Wolfgang von, 1749~1832): 독일 최대의 문호.
2. 무렴無廉: ① 염치없음. ② 염치가 없는 줄을 느끼어 마음에 거북함.

주말 농장: 풀과의 싸움 이야기

농사짓기는요 놀기보다 재미있어요
김매기가 힘들어요 놀기보다 힘들어요
풀 안 매고 농사짓는 묘방은 어디 없나요
풀 때문에 못 짓겠어요 농사 못 짓겠어요
농사짓는 게 아니어요 채소 가꾸는 거지요

풀 안 나는 땅 있어요 사하라사막 · 고비사막
풀이 잘 자라야 곡식도 잘 된다네요
잡초를 매시면 순순히도 뽑혀 주겠대요
잡초라고 마셔요 내가 보면 당신이 잡초이어요
입안대고손안대고 밥 먹는 법은 여기 있지요

텃밭에 제초제 뿌려 가꾸려는 채소의 뜻은
당신이 드시겠거든 제초제는 버리시오
풀들이 욕한대요 그대의 노후를 보자고요
제초제 쓰려거든 오지 말란대요 텃밭으로
초공草公을 위해서 아니라
샌님 당신을 위해서래요

호미, 쇠스랑, 괭이, 삽, 낫……
서러운 뭇 풀들의 더 없는 친구라오
보시오, 머리만 대면
밥 입에 문 채로 달려 나와 속살 드러냄을
손 안 대고 코 풀려거든 큰 농장으로나 달려가시오
입 안 대고 손 안 대고 먹는 방법 거기 있어요

풀들이 말한대요 모두 한목소리로요
우리는 뽑히기 위해 땅 위로 나왔어요
저희는 버히기 위해 세상에 나왔어요
호미ㆍ쇠스랑ㆍ낫을 대 보셔요 거짓말인가를
죽어서도 은혜를 못 잊어 거름 되어 보답할게요

우리들 텃밭에 풀들이 우거졌는데
어찌 머뭇거리고 돌아가지 않겠소?
곡식도 채소도 주인의 발소리에 자란다잖아요
그 말이 참말인지 발소리 낮추어 가 보자고요
아기 풀이 선잠 깨어 보채지 않도록요

해가 달구어지면 벌써 늦어요

우리의 늙은 삭신이 견디지 못해요

서둘러 일어나 텃밭으로 허위허위라도 가자고요

스틱도 지팡이도 놓고 꼿꼿이 걸어서 어서

내일이면 늦어요 철 이른 장마가 온대요

보고 싶은 철인哲人 자이언트에게

메멘토 모리Memento mori
카르페 디엠Carpe diem
아모르 파티Amor fati
죽음을 기억하라고
현재에 충실하라고
운명을 사랑하라고?

망나니 진시황 앞도
영웅호걸 뒤도 아닌데
예의 그리 바른 사람도 아닌데
잘난 척 한번 못 해 본 사람아
겸손하지도 못하면서
당당하기는커녕
거만해 보이지도 못한 사람아
늘 주눅 들어
통 큰 소리 · 희떠운 소리 · 건방진 소리
큰 소리로 'a eighteen noma' 한번
못 해 본 샌님 골샌님아
그렇다고 노벨 양반상도 못 타 본

불쌍하고,　안쓰럽고,　안타깝고,　측은하고,　눈물겨운
사람아

　내게로 오라

　내가 다 받아 줄게, 믿어 줄게, 속아 줄게

　제 어린 혈육 앞에서도

　큰소리 한번 못 쳐 본 사람아

　주고도 뺨 맞은 사람아

　어디서든 늘 꼴찌만 한 사람아

　모두 모여라 내게로 와라

　내가 너를 제왕帝王으로 모시리니

　오늘 하루만

　사기꾼은 안 돼

　소매치기도, 보이스 피싱꾼도, 야바위꾼도,

　잘난 사람도, 예의 똑바른 사람도 안 돼

　달 속의 계수나무를 우지직 꺾어,

　곁가지를 툭툭 쳐서 젓가락 삼아

　보름달 달걀을 오뉴월 한낮 프라이팬에 올려 익혀

식힐 것도 없이 우걱우걱 먹고도 양이 덜 차
아프리카 어미 코끼리를 통구이로 하여
아작아작 쌉아* 드시고는
바오바브나무를 뿌리째 뽑아 만든 치간 칫솔로
치아 사이를 더듬어 꺼낸 고깃점을
주린 사자·호량이·늑대들에게 나누어 주면서
히죽이 웃고 있을
철인哲人 자이언트를 보고 싶다
달려가서 만나 보고 싶다
몸이 닳도록 만나 보고 싶다

* 쌉아: '저작咀嚼'을 뜻하는 우리말 고유어를 피한 궁주어.

여보 어서 일어나요

오늘은 한 주가 시작되는 날 새로운 해가 솟았어요
어서 일어나 우리에게 남은 날을 살자고요
제대 앞둔 병사들처럼 어서 세월만 가랄 수는 없어요
살았니 죽었니 꼼지락 꼼지락해 봐라
밥은 밥은 꽁보리밥 식기 전에 먹어라

비 맞으며 심은 고구마 · 오이 · 옥수수 · 가지 · 땅콩 ·
고추 · 토마토
얼마나 컸는지 자랐는지 서둘러 가 보자고요
호미 · 삽 · 괭이 들고요 물뿌리개도 챙겨요
마실 물 · 간식거리 · 모자도 일 장갑도요

헛소리로 보내 버릴 시간이 없어요
히죽거리며 뒷담화에 귀 기울일 시간이 없어요
옥구슬 이슬이 신발을 적시는
으스러지게 껴안고 싶은 시간이 가네요

젊은 아들 며느리 어린 손자들 깨우려 말아요
새벽잠 없어진 우리나 어서 일어나 서둘러 가자고요

서가에 쌓인 책을 안 볼 시간이 없네요
상 위에 놓인 책만 보고 있을 시간도 없어요

눈이 침침해 와요 '눈물'은 어디 있어요
팔다리에 힘이 빠져요 허리·무릎이 아파 와요
보약만으로는 안 돼요 어서 일어나 걸어요
손자들 귀여움에 하하거릴 수만은 없어요

세상 걱정은 할 사람이 많아요
난세에 영웅이 난다 했으니
영웅이 나지 아니하였음으로 보아
난세가 아님을 알 수 있으니 그 아니 좋아요

자~장 자~장

엄마
쟤가 자꾸
나를 쳐다봐

아빠
쟤가 자꾸 쳐다봐
아이들은 배다른 형제였다

부부는 몸이 닳아 말했다
밖에 나가서 놀아 봐라

농사農事

내 농사는 남의 일 하듯 하고
이웃집 농사는 내 일 하듯 하는 법

쉬는 것은 몸을 놓아 주고 마음을 잡는 것
운동은 몸을 붙잡고 마음을 놓아 주는 것
일은 몸도 마음도 다잡아 두는 것
놂은 몸도 마음도 풀어 주는 것

농사는 고향 어머니의 만득자晚得子[1]
밭가에서도 젖을 물리고 나서나
몸도 마음도 '후유' 하는 곳

1. 만득자晚得子: 늦어서 낳은 자식. 만득晚得. 만생晚生.

백세百歲를 예찬하면서

산 넘고 물을 건너 고생이 많으셨소
해와 달도 낯이 익어 그대를 굽어보오
돌이야 나무인들 백 년을 견딜까

손등의 검버섯 이마의 주름이랑
세월이 주신 훈장 인세人世의 비단 수繡라
환갑도 장수長壽라커늘 백세를 사셨단가

한 세기世紀를 살아 스무 번째 바통 터치
시비是非를 하지 말라 돌비(石碑)에 새길 말을
묵은 솔이 관솔이라 그런 줄을 알괘라

큰 허물 없음도 공이라 함을 그대는 잊었는가
천년학千年鶴아 물어보자 바오바브의 3천 수壽를
누려 보고 말을 하게 무병의 백세수百歲壽를

백 세에 새 백 세를 시속時俗 따라 누리소서
골골 삭신은 마오 철부지 시절도 말고
시름을 잊으셨거든 신선되어 사소서,

내세가 좋다 한들 금세今世만이야 하겠소

재백세再百歲를 사신 후에 천수天壽를 누리소서

이훌랑 더도 덜도 말고 그대 뜻대로 하소서

오늘 나 내 무덤을 팠네

나 오늘 치표置標를 했네
장묘업자葬墓業者 불러
내 무덤을 팠네
아내 묻힐 곳도 옆에 팠네
누가 먼저 들어갈지는 모르겠네
좌청룡 · 우백호야 따질 것 없었네
아버님 · 어머님 무릎 아래라네

운전석 높이 앉은
강철鋼鐵의 긴 팔 쇠손(鐵手)의 기사技士
산땅(山地)을 파고 파서 광중壙中¹을 만들었네
나 살아서 그 안에 한번 누워 보고 싶었네만
죽어 육탈肉脫되어서
관절關節이 항명抗命할 때까지 혼자 누워 있을
내 혼백魂魄의 쓸쓸함을 미리 맛보고 싶어서였네

강철 큰 손은 나 누울 자리를 도로 메우네
내 주검 들어갈 때나 파낼 흙으로
나의 지실地室을 채우네

용미龍尾²는 잘록하게
사성莎城³도 제절⁴도 잔디 옷을 입었네
설핏해진 날의 이슬비는 세상사를 재촉하는데
꿈속의 무성영화처럼
말소리도 웃음도 갈무리 일에 묻혔네

모두들 서둘러 떠나 버린 산속
죽은 후의 내 집 앞에 우두커니 서서
아침에 두고 온 내 집을 그려 보았네
조금은 슬픈 듯 서글픈 듯 후련한 듯
홀로 허우적허우적 산을 내려왔네

한 나라를 연 지엄하신 당신도
신후지지身後之地⁵를 정하고 돌아오다가 쉬면서
모든 근심을 잊겠다는
그래서 망우리忘憂里고개⁶라 했다는
그분의 옛이야기를 생각했네

1. 광중壙中: 구덩이 속. 주로 시체를 묻는 구덩이를 말함.

2. 용미龍尾: 무덤의 분상(墳上:무덤의 봉긋한 부분) 뒤를 꼬리처럼 만든 자리.

3. 사성莎城: 무덤의 뒤를 반달 모양으로 두둑하게 둘러 싼 토성土城.

4. 제절除節/계절階節: 무덤 앞에 평평하게 만들어 놓은 땅.

5. 신후지지身後之地: 생전에 미리 잡아 두는 묏자리.

6. 망우리忘憂里고개: 조선 태조 이성계가 자신이 묻힐 땅을 정하지 못하여, 답답하게 여기던 차에, 다행히 신후지지身後之地를 검암산에 정하고 돌아오다가, 망우리고개에서 능 쓸 자리가 있는 산을 바라보며 "이제야 모든 근심을 잊겠노라" 하였으므로, 그 뜻을 따라서 망우리고개라 하였다 함.

그냥 사는 거지요

그냥 사는 거지요 뭐
세상을 씨줄과 날줄로 그어야만 하나요
새끼들 제 앞가림은 하게 가르치고
내외 구순하게 살면서
남에게 큰 언덕은 못 되어도
해코지는 하지 않으면서
신세 덜 지면서
이웃들과 무탈하게 사는 거지요
아프지 말고 사는 거지요
사는 게 뭐 별건가요?
더구나 이 나이에

네 더위 내 더위 먼저 더위

폭군으로 내닫는 더위
그를 환영하러 뛰어나온 청춘
너희의 짧은 써늘함에
더위가 북극 남극으로 도망갔다

치렁치렁함을 미덕으로 길을 나선
늙은 우리 내외
질투와 선망이 섞여 눈을 못 떼는
아내의 19세기 눈을 보랴
환희에 넘치는 젊음을 보랴
내 눈은 호사豪奢로 바빴다

아! 저기 사랑스러운 나의 딸이
두 세기를 앞선 패션으로
찰랑찰랑 달려온다
무던한 대견함으로 맞는 아내를 보고
낙담으로 외면하는 나의 옹졸한 변덕에
나는 나에게 깜짝 놀랐다

고릿적 이야기

— 꼰대 말씀

올챙이 적 생각을 못해서

개구리가 되었네

두꺼비의 말

우물 안이면 대수냐?[1]

나는 여기가 더 좋다

너는 **내일** 그리고 **저기**만 알았지

오늘 여기는 모르잖아?

개구리의 말

해는 어제 오늘만

뜨는 것이 아니니라

너희가 어찌

초창草創[2]의 신고辛苦를 알겠느냐?

너희의 덧없는 영화를

슬퍼해서 이렇느니라

노인장老人丈의 말

1. 대수: (←大事) '대수로운 일'이라는 뜻. 주로 의문문에서 술어로만 쓰임.
2. 초창草創: 어떤 일을 처음으로 시작함. 또는 창건創建함. 초창草刱.

민들레
―제 눈에 안경

이렇게 상냥하고
저렇게 순한 웃음의 너를
'사자의 이빨'[1]
'악마의 우유 통牛乳桶'[2]이라고?

사련邪戀에 눈이 멀어
이웃집 처녀 순이의 이름은 못 잊는데
조강지처 너의 이름
'민들레'는 까마득히 잊었구나[3]

1. 사자의 이빨: '민들레'를 뜻하는 dandelion(영), løvetand(덴마크어)의
   어원은 '사자의 이빨'이다. 민들레의 잎 모양에서 온 듯하다.

2. 악마의 우유 통: 덴마크 말로는 '민들레'를 악마의 우유통(fandens
   mælke-bØtte)이라고도 한다. 민들레 줄기나 잎을 뜯었을 때 보이는 흰
   물을, 우유로 여긴 낙농 국가 사람들 생각에서 온 듯하다.

3. 잊었구나: '민들레'의 한국어 어원은 '미상'이라고들 한다는 말. 민들
   레는 국화과에 속하는 다년초다. 한자어로 금잠초金簪草·지정地丁·
   포공영蒲公英·포공초蒲公草라고도 한다. 꽃상춧과에 속하는 다년초
   인 씀바귀(苦菜, 遊多)와는 다른 식물이다.

오만傲慢

너, 나 몰라?
자기自己 파괴의 최첨단 살상 무기
제가 지은 궁전을
제가 부수는 침묵의 황제
비굴卑屈의 형兄
겸손의 적敵

김매기

길을 가다가 쉴 자리가 날 양이면
나는 밭가의 풀을 뽑고 싶어
화단의 잡초를 뽑고 싶어 안달이다
호미도 없이 잡초를
괭이도 없이 김을 매고 싶어 한다

곡식을 탐하는가
화초를 꺾는가
의심의 눈길이 민망하다
소심한 나의 마음은

아내는 볼멘소리로 말한다
우리 집 화단의
풀이나 좀 뽑으시지

내 마음 밭의 포기 풀마저
모두 매지 못했을진대
천하의 잡초를 어찌 다 뽑겠는가만

농사꾼은 그 밭의 풀을

다 뽑는 줄 아느냐

수확 후의 밭을 가 보아라

경계를 넘어 경계를 만드는 노경老境의 자유

김재홍(시인, 문학평론가)

자유시란 무엇보다 형식의 제약으로부터 벗어났다는 것을 뜻한다. 그것은 자수율이나 시어와 시행의 제반 규칙을 뛰어넘어 내면의 소리에 귀를 기울이는 일이다. 전제도 없고 법칙도 없는 인간 내면의 우발적이고 불규칙한 심상에 충실을 기하는 양식이다. 현대시를 우선 자유시라고 하는 것은, 인간의 마음속에 깃드는 모든 것을 시화詩化할 수 있고 또 시화해야 한다는 인간주의적 표현이라고 할 수 있다. 그래서 시인들은 바깥을 보면서도 언제나 안쪽의 움직임에 주목하는 사람들이다.

현대시인들은 진정한 자유인이며, 좋은 현대시인일수록 자유의 외연을 넓히고 넓혀 그 극한에서 새로운 자유를 창출

하는 사람들이다. 진정 자유를 구가하는 시인들은 안으로 안으로 파고들면서 자기 내면의 경계를 넘어 새로운 경계를 만들어 간다. 그런 점에서 강헌규 시인은 현대시의 자유를 만끽하는 사람이다. 그가 보여 주는 활달한 시적 경영經營은 그의 시를 아끼는 이들에게 시적 자유의 맛을 선사한다.

만일 현대시가 이와 같은 도저한 자유의 표징이라면, 거기에는 청년이 따로 있지 않으며 노년이 따로 있지 않으리라. 남성이 따로 있고, 여성이 따로 있지 않으리라. 김수영은 자유에서 '피의 냄새'를 맡았지만(「푸른 하늘을」), 강헌규는 거기에서 '무경계'의 생동감을 창출한다. 그의 시는 현대시가 추구하는 자유의 경계를 확장하고 있다.

그런데 그는 "시는 젊어서 쓰는 것"이라면서 "나는 부끄럽게도 80이 한참 넘었"(「시인의 말」)다고 말한다. 그의 노경이 부끄러운 일이라면 그가 자유를 누리지 못하기 때문이겠지만, 그가 펼쳐 놓은 시의 세계는 적어도 부끄러운 일이 아니라는 것을 보여 주고 있다. 그의 시에는 나이를 무색하게 만드는 다양한 시적 관심이 활달하게 전개되고 있기 때문이다.

가을과 함께하는 '단정한' 시심

강헌규의 자유시에 있어 첫 번째 주목되는 양상은 가을과 함께하는 단정함이다. 흔히 인생을 계절에 비유하거니와 청년을 봄에 장년을 여름에 노년을 가을에 빗댄다. 그리고 "겨울 문의여, 눈이 죽음을 덮고 또 무엇을 덮겠느냐"(「문의 마을에 가서」)와 같은 고은의 표현처럼 겨울은 죽음의 표상으로 쓰인다. 그렇다면 '가을'을 사유하고 가을에 대해 언급한 그의 시편들은 그의 춘추春秋에 어울리는 자연스러운 귀결이라고 할 수 있다. 그리고 바로 거기에 강헌규만의 고유한 단정함이 서려 있다.

> 하늘이 참 파랗네요
> 구름은 둥둥
> 햇솜처럼 피어올라
> 새하얗고요.
>
> 매미 소리가 뜸하니
> 이젠 가을이라네요
> 그늘 바람은 서늘하고
> 새침한 햇볕은
> 고니 깃 같네요.
>
> ―「가을 소식」 전문

  2연 9행의 이 시는 요란하지 않다. 하늘과 구름과 매미와 바람과 햇볕과 고니가 생·무생물의 경계를 무너뜨리며 서로 호응하고 서로 어울리면서 한 폭의 맑은 서경을 그리고 있다. 그리고 그곳에 단정한 서정이 자리한다. 하늘은 파랗고 구름은 하얗다는 시구가 단정하다. 꺼끔한 매미 소리와 서늘한 바람과 새침한 고니 깃이 단정하다. 서경과 서정이 혼융되어 깊이를 더하는 위치에 '~네요', '~고요'와 같은 낮은 목소리가 있다. 「가을 소식」에는 그야말로 가을의 색깔이 보이고, 가을의 소리가 들리며, 가을의 냄새가 난다.

그리고 이 작품을 돋보이게 만드는 몇몇 시어들이 반짝! 하며 빛을 던진다. 구름에게 '둥둥'이라는 시어를 바치는 것이야 물리법칙이라고도 할 수 있겠지만, 한 해를 살면서 처음으로 느끼는 가을 구름을 '햇솜'으로 비유한 데 서경과 서정의 경계를 넘나드는 단정함이 스며들어 있다. 또한 꺼끔한 (뜸한) 매미 울음 속에서 새침하게 내리는 햇볕은 고니 깃처럼 맑고 가볍게 빛난다. 소리와 빛과 색이 몇 마디 시어들 속에서 화음을 형성한다.

강헌규의 '가을'이 단정한 것은 다음의 시에서도 확인할 수 있다. 단풍과 은행잎을 레드 카펫과 금빛 카펫에 비유하면서 그 자리를 통해 '임'이 오시는 꿈을 꾸는 시심은 화려한 시적 기교의 분출을 애써 자제하면서 작품 전체의 분위기를 맑고 간결하게 만들어 주고 있다. 무엇보다 이 시는 "~는 뜻은?"이라는 질문 아닌 질문에 시적 묘미가 있다. 섣불리 가르치려 드는 계몽적 태도와 무언가를 지시하고자 하는 욕망이 사라진 자리에 단정함이 깃든다.

내가 가는 길에
단풍丹楓이 지는 뜻은?
내게 레드 카펫을
마련하려고 그러네.

저기 은행잎이
하르르 내려앉는 뜻은?

임이 오시는 길에
금빛 카펫을
마련하려는 것이라네.

—「가을의 꿈」 전문

그는 지금 깊은 가을의 한가운데서 짙고 짙은 색색의 꿈
을 꾸고 있다. 색의 농도가 깊을수록 '임'을 생각하고 임을 위
하는 마음의 강도도 강렬해진다. 그 '임'을 무엇이라 해도 좋
을, 그만의 진실한 '가을의 꿈'에 이르러 우리는 계절의 흐름
앞에 자신을 온전히 바친 한 시인의 맑고 단정한 시심을 확
인하게 되는 것이다.

그런 단정함 속에서 마침내 이번 시집의 절창 가운데 하
나가 솟아난다. 거추장스러운 일체의 수식욕이 제거된 무욕
의 시편이다. 산후박나무와 산비둘기의 호응을 통해 동식물
의 경계를 허물면서 늦가을의 한 정경이 극한의 여백미와 함

께 솟아오른다. 우리는 이 작품으로 인하여 강헌규의 시심을 단아하고 단정하고 개결한 것으로 확정할 수 있는 것이다.

    활엽수闊葉樹 속의 늦가을
    산후박나무 잎이 지는가
    산비둘기가 내리는가?

                            ─「만추晩秋의 풍경」 전문

자유를 구가하는 '활달한' 언어

강헌규의 시는 또한 현대시가 가져야 하는 현대성의 핵심이라고 할 수 있는 자유의 언어를 보여 준다. 그의 시는 일정한 유형으로 수렴되지 않는 다양한 어법을 보여 줌으로써 자유시의 외연을 확장하고 있다. 앞서 본 바와 같이 생·무생물의 경계를 무너뜨리고 서경과 서정의 경계를 넘나들며 동식물의 경계를 허물면서 그는 경계를 넘어 새로운 경계를 만들어 가고 있는 것이다.

또한 그에게 '핑계'는 다른 것이 아니다. 오라고도 오지 말라고도 아니하고, 가라고도 가지 말라고도 아니하는 가운데 '핑계'가 있다. 어떤 행위를 요구하는 지시적 언사를 사용하지 않을 때 내키지 않는 사태를 애써 피하려고 할 필요가 없어진다. 그러니까 「핑계」는 진정한 '핑계'는 그것의 필요가 없어지는 사태임을 말해 주는 작품이라고 할 수 있다. 일종의 모순어법(언어도단)을 구사하면서 이 작품은 말하는 것과 말하지 않는 것 사이의 경계를 소거한다.

오라고는 안 했지만
오지 말라고도 안 했어요.

가라고도 아니 했고
가지 말라고도 아니 했어요.

그대는 벌써 와 있잖아요
그대는 나의 순둥이잖아요.

—「핑계」전문

이와 같이 '그대'는 이미 와 있으므로 굳이 핑계를 댈 필요가 없다. 오라고 하지 않아도 오고, 가라고 하지 않아도 가는 '그대'. 어떠한 지시가 없어도 자연히 오고 가는 '그대'이기 때문에 그(녀)는 순둥이인 것이다. 어쩌면 여기서 '그대'는 상선약수上善若水의 현현인지 모른다. 그러므로 '핑계'는 표의 그대로 구차한 것이다. 굳이 말하지 않아도 되는 것을 말할 필요는 없으며, 행동하지 않아도 되는 것을 행동할 필요는 없는 일이다. 핑계는 핑계를 필요로 하는 사람에게만 쓰임이 있을 뿐이다.

가령 이런 '싸움'은 어떤가. '진짜'와 '가짜'라는 두 항을 연결하면 네 개의 경우가 발생한다. 진짜 진짜(TT), 진짜 가짜(TF), 가짜 진짜(FT), 가짜 가짜(FF)가 그것이다. 이를 집합론의 유비로 해석해도 되고 논리학의 원용으로 이해해도 좋겠지만, 무엇보다 돋보이는 점은 이를 '싸움'으로 인식한 시적 사유에 있다. 어디에도 진짜는 없으며 가짜도 없다. 반대로 진짜는 있으며 가짜도 있다. 이를 다시 네 가지 경우에 대입하면 세상은 실로 '진짜'와 '가짜'의 중층적 연쇄라는 결론에 이르게 된다.

진짜 가짜와 가짜 진짜가 싸웠습니다
서로 자기가 진짜 진짜라고 싸웠습니다
싸우기는 진짜로 잘하였습니다
누가 이겼는지는 잘 모르지만요
풍문에는
진짜 가짜가 이겼다고 하더군요.

진짜 진짜와 가짜 진짜가 싸웠습니다
서로 자기가 진짜 가짜라고 싸웠습니다
싸우기는 사랑싸움처럼 하였습니다
누가 이겼는지는 잘 모르지만요
들리기에는
웃고 헤어졌다고 하더군요.

진짜 진짜의 말이래요.

—「어느 싸움」 전문

그렇다면 「어느 싸움」은 싸움에 관한 개념적 설명이 아니라 세상에 대한 유비가 된다. 진실과 사실이 뒤섞이고 옳고 그름이 혼재하는 세상이 바로 우리가 살고 있는 '지금-여기'이며, 그것을 '싸움'으로 인식하지 않는 데 현실주의적 합리성이 있음을 드러내는 듯하다. 그리고 이러한 시적 의도에 부합하듯 '진짜'와 '가짜'가 서로 자신들의 경계를 넘나들며 활달하게 전개되고 있다.

강헌규는 이 작품 말미에 '군말'을 달았다. 그는 "'진짜'·'가짜'의 규명은 절대자 또는 신이 하셔서 오류는 절대로 없다고 전제"한다면서 "연예인·특수 직업인은 영화나 연극에서 자신(진짜)을 자기 아닌 사람(가짜)으로 처신할 수가 있다. 이를 사회는 공인·묵인한다. 가짜 노릇을 잘할수록 칭찬을 받는다. 영화나 텔레비전 연속극은 이들의 연기演技로 만들어진다"는 발언을 보태었다. 요컨대 '진짜'와 '가짜'는 있지만, 그 경계는 없는 것이다.

벚꽃이 내게 말했다

"날 보러 왔어요?"

나: ???

벚: 나, 예쁘지요?

나: ???

벗: 너도 한번

나처럼 활짝 피어 보렴.

아직도 안 늦었어.

나: ???

벗: ???

나: 나 보러 왔어요. 나.

—「벚꽃 잔치에 갔더니」 전문

    그리고 강헌규의 '활달한' 언어는 독자들에게 위와 같은 웃음을 선사한다. 봄날의 화려한 '벚꽃'과 누추한 '나'의 대화체로 구성된 이 작품은 그 자체로 시적 형식으로부터 자유를 얻은 언어들이지만, 서로 엇갈리는 질문과 답변 사이를 마음껏 질주하면서 결국 "나 보러 왔어요. 나"라는 절묘한 반전을 제공한다.

    이밖에도 강헌규의 이번 시집에는 「진실 그리고 진심」「자호自號 범산凡山 풀이」「두 도붓장수」「어느 테니스 시합」「모인某人의 방랑放浪 · 방황벽彷徨癖」「없음(無)의 신기함」 등과 같은 많은 작품들에서 그만의 '활달한' 언어를 볼 수 있다.

아내와 함께 '자유의' 춤을

강헌규의 경계 허물기는 아내와 함께 '자유의' 춤으로 나아
간다. 그에게는 부부 싸움도 싸움이 아니며, 죽음도 죽음이
아니다. 한 편의 빼어난 소극笑劇을 보는 것과 같은 「이럴 때
가 아니어요」에서 우리는 웃음과 연민의 짙은 페이소스를 느
끼게 된다. 표면적인 사건은 '죽음'까지 불사하는 싸움이지
만, 그와 동시에 생명의 상징이라고 할 '밥'을 말하는 데서 이
작품은 싸움과 싸움 아닌 것의 경계를 허물어뜨리고 생의 짙
은 비애감을 표출해 낸다.

우당탕 투탕
한바탕 부부싸움하였지요.

여보
나 저기 둠벙에 가서
툼벙 빠져 죽는다.

여보 여보
부르기는, 왜요.

풍덩 빠질 때
치마폭에 큰 돌멩이를

안고 뛰어내려야

안 떠요.

여보 나

밭가의 돌멩이 가져올게

밥이나 해 놓고

기다렸다가

나 보고 가요.

—「이럴 때가 아니어요」 전문

만일 이런 '돌멩이'(죽음)와 '밥'(생명)의 모순적인 만남을 가능케 하는 싸움이 있다면, 부부 싸움이 아니라 그 어떤 싸움이라도 극단적인 파국으로 끝나지는 않으리라. 분명 이것은 싸움이자 싸움이 아니며, 죽음이자 죽음이 아니다. 이는 차라리 싸움을 넘어 죽음을 넘어 한판 신나게 '자유의' 춤을 추는 듯한 흥겨움을 선사한다.

또한 "우당탕 투탕"과 같은 의성어와 '둠벙'과 '툼벙'의 언어적 유희는 웃음과 연민이라는 작품의 전반적인 기조에 부합하는 상승 작용을 일으키고 있다. 또 "이럴 때가 아니어요"라는 제목이 시사하는 바도 노부부의 때아닌 다툼을 희화화하는 동시에 부부 싸움의 이중적 의미를 강조하는 효과를 주고 있다.

젊은 날 그 좋은 청춘
시궁창에 다 버리고
80 가까워
꿀 다 빨리고
돌아온 늙은 낭군.

돌아와 주셔서 고마워라
동네잔치 벌였네
어허, 우리 늙은 신랑
돌아왔네 조강지처 품으로.

늦깎이 동방화촉洞房華燭 한 해만에
골골거리다 가 버렸네
인삼 녹용의 효험도 없이
조강지처의 정성도 모르고.

늙은 우리 신랑
그래도 내 신랑
저래도 내 낭군
저승에서라도 내 낭군.

아무도 열녀비 세워 주자는
말 한 마디도 없었네

차디찬 비석 혼자

어두운 비각碑閣 속에

서 있음이 안쓰러워서였다네.

　　　　　　　　　　　　—「조강지처糟糠之妻」 전문

　굳이 설명할 필요도 없겠지만, 조강지처는 지게미와 쌀
겨로 끼니를 이을 때의 아내라는 뜻이다. 가난하고 어려울
때 고생을 함께한 아내를 버려서는 안 된다는 말도 있고, 남
편 사랑에 있어 그만한 아내도 없다는 말도 있다. '조강지처'
라는 말이 동양 전통에서 2천여 년을 이어 온 묵은 단어라고
해서 그 내용까지 낡은 것은 아니다. 이 시에서 보이듯 여전
히 조강지처는 '낭군'을 위하는 '열녀'이며, 그렇기 때문에 죽
음을 앞둔 낭군이 자신의 귀의처를 의탁하는 '진정한' 사랑
의 표상이다.

　이 작품에 등장하는 '낭군'은 이미 세상을 떠난 사람이라는
점("골골거리다 가 버렸네")에서 강헌규가 의도하는 바는 더욱 분
명해진다. 즉 일종의 우화와 같은 이야기를 통해 자신이 아
내에게 말하고자 하는 바를 표현하는 것이며, 동시에 모든 남
편들이 모든 아내에게 말해야 할 것을 드러내는 것이기도 하
다. 그것은 삶과 죽음을 넘어선 부부애의 소중함일 터이다.

　이 밖에도 이번 시집에는 부부를 소재로 한 시가 꽤 있다.
「나를 부르는 당신은」과 같은 반성과 성찰의 시편도 있고,
「늙은 아내에게」처럼 직접적으로 "측은惻隱한 내 사람"을 호명

하는 작품도 있다. "늙은 아내"는 어떤 아내이며 어떤 아내여야 하는가. "스틱도 지팡이도 버리고/ 기어서라도 푸른 들판으로" 나아가야 할 사람이며, "죽어서도 내 옆에 묻힐/ 나의 사람"이다. 그러므로 "늙은 아내"는 조강지처이며, 조강지처여야 한다는 전언이 성립된다. 그렇다면 아내와 함께 추는 '자유의' 춤은 생의 굽이굽이를 모두 넘은 '늙은 부부'의 진정한 득의의 춤일 터이다.

저기 우리 새끼들을 보아요
'하니 하니'·'꿀물 꿀물' 하면서
우리를 바라보는
저 슬픈 눈빛을 보아요.
남은 날들을 세어 볼 사이도 없어요
지금 넘어져도 쓰러져도
스틱도 지팡이도 버리고
기어서라도 푸른 들판으로 나갑시다.

내가 천하의 대장부였으면
나 당신을 만났겠소,
당신이 절세의 미인이었으면
나를 흔연히 맞았겠소.
그래서 우리는요
오그랑 천생연분 아니오?

남들은 무어라고 수군거리더라도요.

첫사랑은 남의 사람
당신은 나의 사람인걸
죽어서도 내 옆에 묻힐
나의 사람인걸.

—「늙은 아내에게」 부분

그런데 강헌규의 이번 시집에 포함된 「옛적 어린이 노래 1」
「옛적 어린이 노래 2」「걸음마의 신기함」과 같은 작품이 보여
주는 사회문화사적 기록의 가치는 특기되어야 한다. "이 거
리 저 거리 각거리/ 돈대 만대 도만대"(「옛적 어린이 노래 1」)라든
가 "달강 달강 달강아/ 서울 갔다 밤 한 되를 얻어다가"(「옛적
어린이 노래 2」) 등에서 보이는 리듬감과 흥겨움은 벌써 우리 주
위에서 잊힌 것들이다.

이상에서 살펴본 바와 같이 강헌규의 이번 시집은 단정하
면서도 활달한 자유의 세계를 보여 준다. 그의 시심은 단정
하고 언어는 활달하며 춤은 자유롭다. 그는 분명 '자유'를 통
해 시적 현대성을 구현하고 있는 현대시인이다.

이제 우리는 경계를 넘어 새로운 경계를 만드는 그를 마
주하기 위해 그의 다음 기착지를 기다리기만 하면 된다. 그
것은 결코 낡을 수 없는 그의 자유정신을 기다리는 일이기도

하리라. 그에게는 "두 세기를 앞선 패션"이 있기 때문이다.

아! 저기 사랑스러운 나의 딸이

두 세기를 앞선 패션으로

찰랑찰랑 달려온다

　　　　　　　　　　—「네 더위 내 더위 먼저 더위」부분